Copyright © 2011 Giramundo Teatro de Bonecos

Edição geral
Sonia Junqueira

Pesquisa
Neide Freitas

Projeto gráfico
Diogo Droschi

Revisão
Ana Carolina Lins

AUTÊNTICA EDITORA LTDA.
Editora responsável
Rejane Dias

Rua Aimorés, 981, 8º andar . Funcionários
30140-071 . Belo Horizonte . MG
Tel.: (55 31) 3222 68 19

Av. Paulista, 2073 . Conjunto Nacional
Horsa I . Conj. 1101 . Cerqueira César
01311-940 . São Paulo . SP
Tel.: (55 11) 3034 44 68

Televendas: 0800 283 13 22
www.autenticaeditora.com.br

Todos os direitos reservados pela Autêntica Editora.
Nenhuma parte desta publicação poderá ser reproduzida,
seja por meios mecânicos, eletrônicos, seja via cópia
xerográfica, sem a autorização prévia da Editora.

GRUPO GIRAMUNDO

Direção geral
Beatriz Apocalypse

Criação, desenho e projetos dos bonecos
Beatriz Apocalypse

Construção dos bonecos e cenografia
Endira Drumond, Paulo Emílio Luz, Fernanda Paredes,
Daniel Mendes, Israel Augusto, Thaís Trúlio

Fotografia e iluminação
Ulisses Tavares

Produção
Carluccia Carrazza e Ricardo Malafaia

Gestão de projeto
Gláucia Gomes

Making of
Ricardo da Mata e Beatriz Apocalypse

www.giramundo.org

Dados Internacionais de Catalogação na Publicação (CIP)
(Câmara Brasileira do Livro, SP, Brasil)

Junqueira, Sonia
     O elefante escravo do coelho / um reconto do Gira-
mundo Teatro de Bonecos ; baseado em um conto popular
moçambicano ; texto Sonia Junqueira ; criação, desenho e
projeto dos bonecos Beatriz Apocalypse . – Belo Horizonte :
Autêntica Editora, 2011 – (Coleção Giramundo Reconta)

     ISBN 978-85-7526-518-5

     1. Teatro - Literatura infantojuvenil I. Giramundo
Teatro de Bonecos. II. Apocalypse, Beatriz. III. Série.

11-00974   CDD-028.5

Índices para catálogo sistemático:
1. Teatro : Literatura infantil 028.5
2. Teatro : Literatura infantojuvenil 028.5

N.E: Adaptação livre do conto popular "O elefante
escravo do coelho", *in* INSTITUTO NACIONAL
DO LIVRO E DO DISCO (Moçambique). *Contos
moçambicanos*. Maputo: INLD, 1979. v. 1, p. 14-18.

giramundo
RECONTA

O elefante escravo do coelho

Texto: Sonia Junqueira
Reconto livre de conto popular africano
de mesmo nome

autêntica

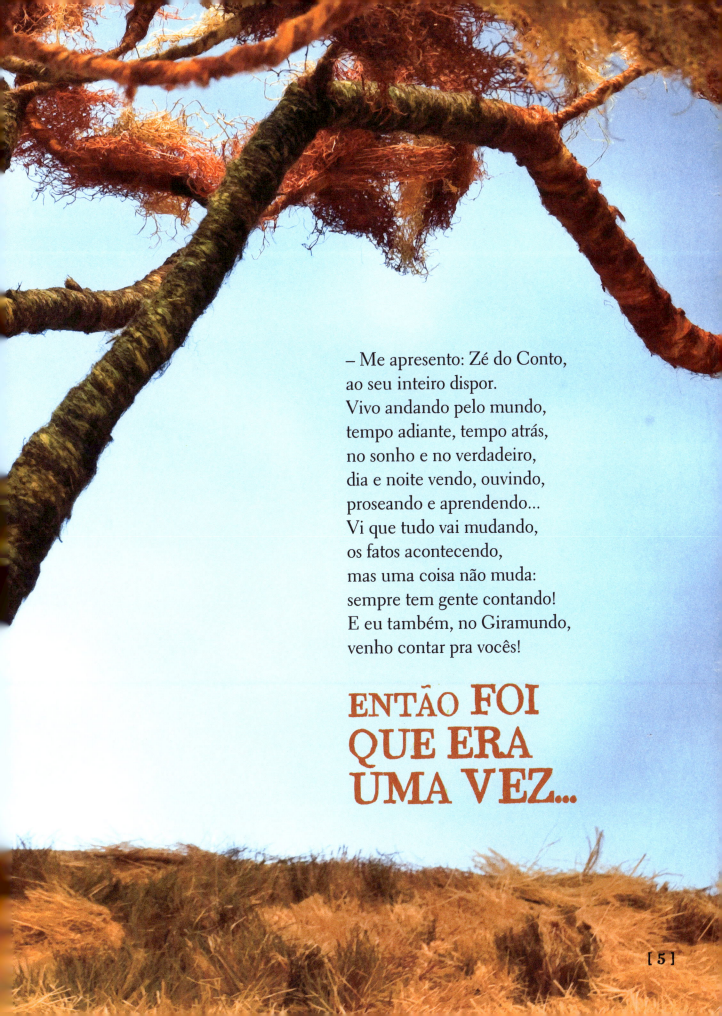

– Me apresento: Zé do Conto,
ao seu inteiro dispor.
Vivo andando pelo mundo,
tempo adiante, tempo atrás,
no sonho e no verdadeiro,
dia e noite vendo, ouvindo,
proseando e aprendendo...
Vi que tudo vai mudando,
os fatos acontecendo,
mas uma coisa não muda:
sempre tem gente contando!
E eu também, no Giramundo,
venho contar pra vocês!

ENTÃO FOI QUE ERA UMA VEZ...

LOGO DE MANHÃZINHA, lá ia o

Coelho: fazia sua caminhada diária e roía uma cenoura, lá-lá-ri!, lá-lá-lá!... Parou de cantarolar quando ouviu um zunzunzum mais à frente, pareciam vozes, muitas vozes, o que seria aquilo?

Curioso, o Coelho apertou o passo. Logo depois de uma curva, encontrou, debaixo de uma árvore enorme, uma pequena multidão: quase todos os animais da floresta estavam ali, uns cochilando, outros conversando baixinho, alguns ainda mastigando o café da manhã...

– E AÍ, GENTE BOA! O QUE FOI que aconteceu? O que estão fazendo aqui, tão cedo? – quis saber o Coelho.

– Estamos com um problema, companheiro, e esperamos nosso chefe, o Elefante, para resolvê-lo... – informou o Macaco.

– C-c-como é que é?! Esperando quem?!

– Nosso chefe, o Elefante. – repetiu a Arara.

– O Elefante, chefe?! Rá, rá, rá! Essa é boa! Quem disse que o Elefante é chefe de alguma coisa?

– M-m-mas...

– Fiquem sabendo que o Elefante é meu escravo, isso é o que ele é! Meu escravo, pronto pra me servir, pra atender meus desejos, pra escovar meu pelo, pra me carregar nas costas sempre que eu quiser...

– DEIXA DE
**SER BOBO,
COELHO!** – riu o Gorila. – Como é que pode o Elefante, daquele tamanhão, ser escravo de um pirralho que nem você?!

– Pois não só pode, como é! Tamanho não é documento! O Elefante me obedece em tudo! Por isso, vocês podem ir embora, que ele não vai resolver problema nenhum, ele é MEU ESCRAVO e só vai fazer o que EU quiser!

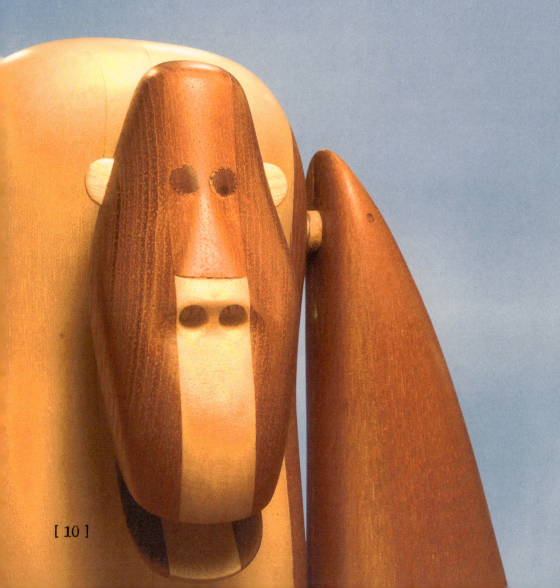

DIANTE DO TOM decidido do Coelho, muitos animais foram saindo, se espalhando em várias direções, e só um grupinho ficou ali, embaixo da árvore, à espera.

O Coelho, por sua vez, disparou para casa.

UM TEMPINHO DEPOIS CHEGOU O ELEFANTE,

balançando o corpo e fazendo tremer as árvores menores. Vinha animado, assobiando, fi-ri-ri! fu-ru-ru!...

– Ué! Cadê os outros? Estão atrasados?!

– Não, Chefe, não é isso. É que o Coelho passou por aqui e disse que você não é chefe de nada, e sim escravo dele, Coelho... A maioria acreditou e foi embora...

[15]

[16]

O BRAMIDO DO ELEFANTE furioso
ecoou pela floresta, chegando até a casa do Coelho:
— Ah, Coelho malandro! Mentiroso! Vigarista! Ele me paga! Hoje mesmo eu acabo com ele!

ENQUANTO ISSO, O COELHO,

em casa, desandou a gemer, a chorar, cheio de ai-ai-ais:

– Ah, mulher, eu morro! Me dói tudo! Ai! Ui!

A Coelha, cheia de pena, estendeu uma esteira no chão, ajudou o coitado a se deitar e foi fazer um chazinho.

Nisso chegou a Impala, apavorada:

– Compadre, cuidado! O Elefante disse que vai acabar com você, e já está pertinho daqui! Fuja!

Em vez de seguir o conselho, o Coelho entrou em convulsão: contorcia-se, gritava, se lamentava, gemia alto, era de partir o coração.

[19]

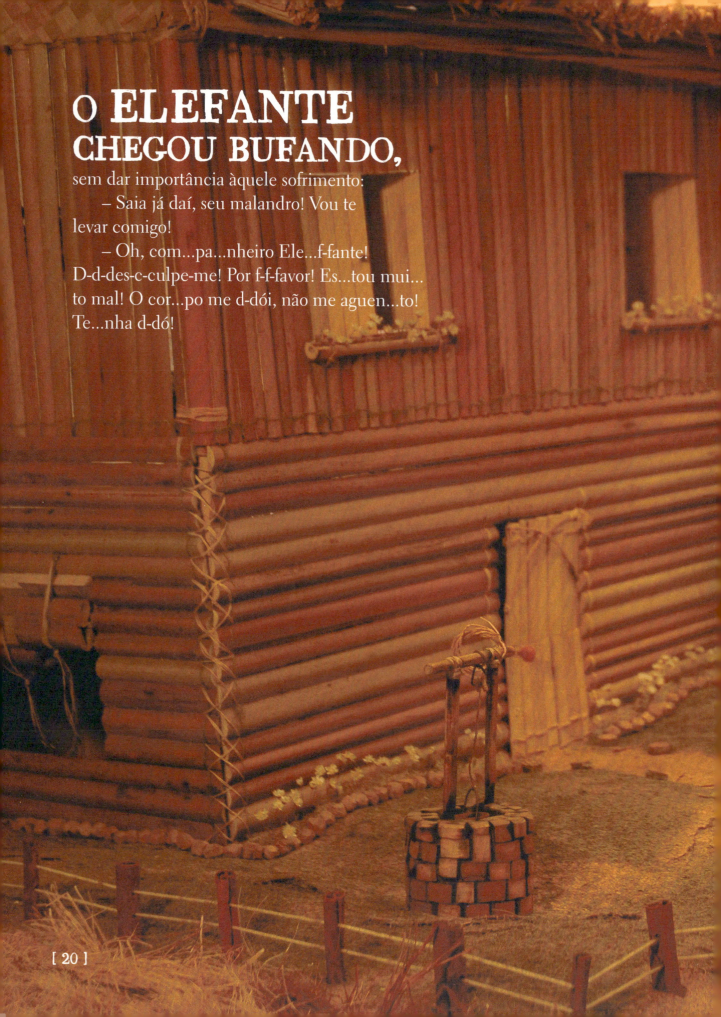

O ELEFANTE CHEGOU BUFANDO,

sem dar importância àquele sofrimento:
– Saia já daí, seu malandro! Vou te levar comigo!
– Oh, com...pa...nheiro Ele...f-fante! D-d-des-c-culpe-me! Por f-f-favor! Es...tou mui...to mal! O cor...po me d-dói, não me aguen...to! Te...nha d-dó!

[21]

– NEM DÓ NEM MEIO DÓ, SEU VIGARISTA!

Você me desmoralizou junto aos animais e agora quer escapar?! De jeito nenhum! Você vai comigo até a reunião desfazer a mentira! De onde tirou isso, que eu não sou chefe de nada e ainda sou seu escravo?! Saia já daí, malandro!

    – S-sim s-sim, você está cer...to! Eu er...re...rei! Mas não me aguento! Não dou con...ta de lev...v-an...tar nem a c-ca...be..ça, quan...t-to mais ca...mi...nhar até lá! Aaaaaaaaaaaiiiiiiiiiii! Uuuuuuuuuuuiiiiiiiiiiiii!

– PODE GEMER E GRITAR o quanto
quiser, mas você vai comigo! Nem que eu tenha de te carregar, está me ouvindo?!

– S-s-só s-s-e for as...ssi...sim! Mas mes...mo des...se j-jei...to, não s-sei se v-vou aguen...t-tar! A via...g-gem vai s-ser mui...to di...f-fí...cil!

– Estou esperando! – bramiu o Elefante, de braços cruzados e batendo furiosamente a pata direita no chão.

CHOROSO, O COELHO CHAMOU

a mulher e pediu:
— M-minha c-cami..sa no...nova! Mi...minhas c-cal...ças no...novas! M-meus sa...sa...patos no...novos! S-se eu n-não a...guen...tar, q-quero mo...mor...rer bb...bem-ves...ti...do!

E bem-vestido ele saiu de casa, onde o esperava o Elefante, carrancudo. O Coelho mancava e gemia, encurvado, fraco, e o Elefante se abaixou e até o ajudou, com a tromba, a subir para suas costas.

— Mu-mulher! Tr-tra...ga-me a so-som...bri-brinha! C-com este s-sol de ra-rachar, eu p-posso pi-pi...o...rar!

**E LÁ SE FORAM:
O ELEFANTE, PISANDO
DURO** e fazendo estremecer a terra e
as árvores em volta, e o Coelho, sorridente
e bem- acomodado, com ar malicioso e
acenando para quem passava.
 Chegando ao local da reunião foi
que o Elefante se deu conta do que estava
acontecendo.

OS ANIMAIS,
ADMIRADOS, COMENTAVAM:

– Então era verdade! O Elefante é mesmo escravo do Coelho! Olhem! Vejam como está confortavelmente instalado nas costas do nosso ex-chefe!

Humilhado, o Elefante fez descer o Coelho e saiu trotando floresta adentro, com vergonha de ter sido tão pateta.

Esperto, o Coelho cantou vitória:

– Eu não disse?!

ESSA HISTÓRIA
teve assim o seu fim-firinfinfim.
Posso seguir meu caminho:
novamente, pé na estrada
pra enxergar e assuntar,
pra viver e escutar
casos e contos sem fim...
e voltar para contar! Inté!

Giramundo:
bonecos em movimento

O grupo Giramundo – Teatro de Bonecos foi criado por Álvaro Apocalypse, sua esposa Tereza Veloso e Maria do Carmo Vivacqua no início dos anos 1970, em Belo Horizonte, Minas Gerais. Movido pelo desejo de criar filmes de animação, mas diante dos altos custos e restrições técnicas do desenho animado da época, Álvaro Apocalypse decidiu realizar seu sonho através da animação em tempo real, em forma de teatro de bonecos – que assumiu, a princípio, a função de divertimento familiar de final de semana. A primeira montagem, *A Bela Adormecida*, foi produzida em fundo de quintal e apresentada ao público, em teatro, em 1971.

Público e crítica foram atraídos pelos bonecos bem-construídos, pelo bom gosto do texto, pela qualidade das trilhas sonoras e pela coragem das propostas cênicas daquele grupo de artistas e professores universitários da Escola de Belas Artes da UFMG. O grupo decidiu, então, partir em busca de conhecimento sobre o teatro de bonecos. Destino: França – Charleville-Mézières, cidade-sede do maior festival mundial de teatro de bonecos e importante centro de referência sobre o teatro de formas animadas. A viagem, em meados dos anos 1970, causou grande impacto no grupo. O contato com novas técnicas de manipulação e construção, a dimensão das montagens e das companhias e o uso do boneco no teatro adulto transformariam definitivamente o Giramundo.

Os temas populares e brasileiros, base do desenho e da pintura de Álvaro Apocalypse, assumiram espaço cada vez maior nas montagens do grupo, fazendo dos espetáculos verdadeiras representações animadas dos quadros de seu criador e diretor artístico. Durante três décadas à frente do Giramundo, Álvaro Apocalypse construiu a mais impressionante obra do teatro de bonecos brasileiro, dirigindo vinte montagens e criando mais de mil bonecos. Sua atuação e sua força pessoal contribuíram para a formação de seguidas gerações de marionetistas, impulsionando o teatro de bonecos brasileiro em direção ao experimentalismo e à profundidade temática. Seu método de trabalho, baseado no desenho como principal elemento de planejamento, e suas descobertas mecânicas tornaram-se parâmetros marcantes, adotados amplamente por muitos marionetistas e companhias de teatro de animação.

A partir dos anos 2000, o Giramundo abandonou progressivamente a concepção de grupo de teatro convencional e assumiu uma forma composta, de caráter público, como centro de pesquisas sobre o boneco em suas variadas manifestações. Nesse período, foram criados o Museu, o Teatro, a Escola e o Estúdio Giramundo, dedicados à memória, ao entretenimento, à educação, à pesquisa de novas tecnologias e ao desenvolvimento de produtos, com destaque para livros, vídeos e brinquedos. A constante transformação do grupo, ao longo dessa trajetória de adaptação e mutação, criou a história de um grupo singular e imprevisível.

"Muito prazer, meu nome é Giramundo, sobrenome, Movimento."

Marcos Malafaia

FOTO: MARCOS MALAFAIA. ESPETÁCULO: PEDRO E O LOBO.